幼兒全語文 階梯故事 系列

# 織毛衣

袁妙霞　著
野人　繪

園丁文化

冬天快到了，猴媽媽忙着編織禦寒衣物
小猴子問：「這條圍巾是織給我的嗎？

猴媽媽答：「是給表哥的。」
小猴子有點失望了。

小猴子問：「媽媽，這頂帽子是織給我的嗎？」

猴媽媽答：「是給表姐的。」
小猴子有點失望了。

小猴子問：「媽媽，這件毛衣是織給表妹的嗎？」

猴媽媽答：「是給我的寶貝的。」
小猴子問：「誰是你的寶貝呢？」

猴媽媽說：「你就是媽媽的寶貝呀。」
毛衣很合身，小猴子說：「謝謝媽媽！」

# 導讀活動

 提問

**進行方法：**
❶ 讀故事前，請伴讀者把故事先看一遍。
❷ 引導孩子觀察圖畫，透過提問和孩子本身的生活經驗，幫助孩子猜測故事的發展和結局。
❸ 利用重複句式的特點，引導孩子閱讀故事及猜測情節。如有需要，伴讀者可以給予協助。
❹ 最後，請孩子把故事從頭到尾讀一遍。

 **封面**
1. 猴子媽媽在做什麼呢？請說說看。
2. 請把書名讀一遍。

 **P2**
1. 窗外的樹葉都變成什麼顏色了？你知道這是什麼季節嗎？
2. 天氣開始轉冷，猴媽媽忙着織什麼？請形容一下這條圍巾。
3. 小猴子以為圍巾是織給他的嗎？他是怎樣問媽媽的？

 **P3**
1. 猴媽媽怎樣回答小猴子？
2. 小猴子聽見圍巾不是織給自己的，心情怎樣？

 **P4**
1. 猴媽媽又忙着織什麼？請形容一下這頂帽子。
2. 小猴子以為帽子是織給他的嗎？他是怎樣問媽媽的？

 **P5**
1. 猴媽媽怎樣回答小猴子？
2. 小猴子聽見帽子不是織給自己的，心情怎樣？

 **P6**
1. 猴媽媽又忙着織什麼？請形容一下這件毛衣。
2. 這次，小猴子以為毛衣是織給誰的？他是怎樣問媽媽的？

 **P7**
1. 小猴子這次猜對了嗎？猴媽媽是怎樣回答的？
2. 猴媽媽說的「寶貝」，究竟是誰呢？你能猜出來嗎？

 **P8**
1. 你猜對了嗎？這件毛衣是織給誰的呢？
2. 小猴子現在的心情怎樣？你猜他會對媽媽說什麼呢？

# 說多一點點

知識點

## 下雪了

高空的溫度低，地面的水蒸氣升到高空就凝結成冰晶，冰晶越來越大，越來越重，最後就會落回地面。如果地面天氣暖，冰晶就化成雨水落下；如果地面氣溫很低，冰晶便不會融化成雨，而是降雪了。

## 南極和北極

地球是一個球體，分為南半球和北半球。南北半球的兩端，就是南極和北極。

南極和北極都是地球上最寒冷的地方。有趣的是，那裏半年白天，半年黑夜，跟我們一天就來一次日夜交替大大不同呢！

# 字卡

**玩法**

❶ 把字卡全部排列出來，伴讀者讀出字詞，請孩子選出相應的字卡。

❷ 請孩子自行選出多張字卡，讀出字詞並口頭造句。

| | | |
|---|---|---|
| 編織 | 禦寒 | 衣物 |
| 圍巾 | 表哥 | 有點 |
| 失望 | 表姐 | 毛衣 |
| 表妹 | 寶貝 | 合身 |

| | | |
|---|---|---|
| 幼兒全語文階梯故事系列<br>第4級（高階篇）<br><br>《織毛衣》<br><br>©園丁文化 | 幼兒全語文階梯故事系列<br>第4級（高階篇）<br><br>《織毛衣》<br><br>©園丁文化 | 幼兒全語文階梯故事系列<br>第4級（高階篇）<br><br>《織毛衣》<br><br>©園丁文化 |
| 幼兒全語文階梯故事系列<br>第4級（高階篇）<br><br>《織毛衣》<br><br>©園丁文化 | 幼兒全語文階梯故事系列<br>第4級（高階篇）<br><br>《織毛衣》<br><br>©園丁文化 | 幼兒全語文階梯故事系列<br>第4級（高階篇）<br><br>《織毛衣》<br><br>©園丁文化 |
| 幼兒全語文階梯故事系列<br>第4級（高階篇）<br><br>《織毛衣》<br><br>©園丁文化 | 幼兒全語文階梯故事系列<br>第4級（高階篇）<br><br>《織毛衣》<br><br>©園丁文化 | 幼兒全語文階梯故事系列<br>第4級（高階篇）<br><br>《織毛衣》<br><br>©園丁文化 |
| 幼兒全語文階梯故事系列<br>第4級（高階篇）<br><br>《織毛衣》<br><br>©園丁文化 | 幼兒全語文階梯故事系列<br>第4級（高階篇）<br><br>《織毛衣》<br><br>©園丁文化 | 幼兒全語文階梯故事系列<br>第4級（高階篇）<br><br>《織毛衣》<br><br>©園丁文化 |